LE
PEINTRE

POÉME

SUIVI DE NOTES ET COMMENTAIRES

PAR

M. BATHILD BOUNIOL.

SE VEND AU PROFIT

DE L'OEUVRE

DE NOTRE-DAME-DES-ARTS,

52, rue du Rocher.

PARIS

AMBROISE BRAY, LIBRAIRE-ÉDITEUR,

RUE DES SAINTS-PÈRES, 66.

1860

LE PEINTRE

16046

OUVRAGES DU MÊME AUTEUR

PROSE.

A l'Ombre du Drapeau. 2e édition. 1 vol. in-12. fr. 2 »»

LES COMBATS DE LA VIE.

1re Série : **Cœur de bronze.** 1 vol. in-12. . . . . 2 »»
2e Série : **La Famille du vieux Célibataire.** 1 vol.
    in-12. . . . . 2 »»
3e Série : **Les Epreuves d'une Mère.** 1 vol. in-12. . 2 »»
4e et dernière Série : **Les Deux Héritages.** 1 vol. in-12. 2 »»
La Joie du Foyer, 2 vol. in-18.
Le Soldat Apôtre, 1 vol. in-18.
L'Art chrétien et l'Ecole allemande . . . . . . 1 »»

POÉSIE.

Le Soldat (chants et récits). 3e édition. in-32. . . . . » 60
Ma Croisade (Satires contemporaines) presque épuisé. 1
    fort vol. in-18 anglais. . . . . 3 »»
Epîtres et Satires, (épuisé.)
Le Peintre, 1 vol. . . . . 1 »»

CAMBRAI. — IMPRIMERIE DE RÉGNIER-FAREZ.

LE PEINTRE

POÈME

SUIVI DE NOTES ET COMMENTAIRES

PAR

M. BATHILD BOUNIOL.

SE VEND AU PROFIT

DE

L'OEUVRE DE NOTRE-DAME-DES-ARTS,

52, RUE DU ROCHER.

PARIS

AMBROISE BRAY, LIBRAIRE-ÉDITEUR,

66, RUE DES SAINTS-PÈRES

1860

PRÉFACE

Le poème du *Peintre* est une de mes œuvres
de prédilection, une de celles que j'ai travaillées
avec le plus d'amour. Ecrit de verve d'abord et
presque d'une haleine à la suite de longues
études, il fut terminé lentement et tout à loisir.
Pendant bien des années, j'y suis revenu, pro-
fitant pour les corrections et les additions de ces
matinées lumineuses dont parle le grand poète.
Je souhaite que toutes ces fatigues n'aient pas
été en pure perte.

Mais alors même que je n'aurais pas réussi
selon mon désir, lequel de mes lecteurs songe-
rait à regretter l'obole donnée par lui de cette
manière à l'*OEuvre de Notre-Dame-des-Arts*,
sympathique à tous les cœurs généreux, à

toutes les intelligences d'élite. Quant à moi, heureux d'avoir été déjà l'historien de cette noble Institution [1] que patronnent à l'envi la Religion, les Arts et les Lettres, j'ai voulu lui donner une preuve plus sérieuse de mon vif intérêt. A défaut des trésors que je ne pouvais lui offrir, j'ai choisi pour elle ce qui me semblait le meilleur dans mon portefeuille d'artiste.

Ce poème, d'ailleurs, n'est point, tant s'en faut, une œuvre purement didactique ; on ne regrettera point, j'espère, d'y retrouver le chrétien avec les ardeurs de sa foi comme le poète satirique avec la véhémence de ses indignations.

Les Notes nombreuses et intéressantes, si je ne m'abuse, qui suivent l'ouvrage, le complètent, en ajoutant à l'utilité et à l'agrément.

28 mars 1860.

[1] *Notre-Dame-des-Arts*, brochure in-8 de 24 pages.

LE PEINTRE

POËME.

I

PROLOGUE.

Tu le disais, vieux Job, la vie est un combat [1],
Une rude milice, et tout homme est soldat.
L'homme né de la femme est rempli de misère
Et souvent il lui faut boire à la coupe amère.
Pourtant le ciel pour lui n'est pas toujours d'airain,
Et sur son front parfois il luit calme et serein.
Ce monde où par l'épreuve on arrive à la gloire,
Et pour chacun de nous arène et purgatoire,

N'offre pas cependant que misère et douleurs,
Les épines encor s'entremêlent de fleurs.
Aux tristes exilés Dieu donna la famille,
Le chaste et grave amour du père et de la fille,
Ou la félicité de ce lien si doux
Qui ne fait qu'un seul cœur des cœurs de deux époux.
Il nous fait admirer l'amitié fraternelle,
Ce chef-d'œuvre surtout, une âme maternelle.
Pour couronner ses dons, sa prodigue bonté
Dans nos cœurs attendris a mis la charité.

Mais ce n'est point assez, sa sublime indulgence
Offre encor l'aliment à notre intelligence.
Pour l'esprit et les sens il créa les Beaux-Arts,
Enchantement de l'âme ainsi que des regards,
Les Beaux-Arts sans lesquels, en sa lourde indolence,
L'esprit comme hébété traîne sa somnolence,
Poésie et Peinture, arts jumeaux et divers,
Le talent des pinceaux et celui des beaux vers ;
Tous deux, pour nous parler dans un vivant langage,
Transfigurant l'idée à l'aide de l'image :

L'un, qui nous caressant de sons harmonieux,

Prend l'oreille et le cœur; l'autre charmant les yeux

Pour arriver à l'âme étonnée et ravie.

Dirai-je l'éloquence, art mâle que j'envie,

Non l'Éloquence vaine et qui n'est que du bruit,

Qui n'est que dans les mots et m'étourdit sans fruit,

Mais la langue sublime, énergique et précise,

Habile à condenser une phrase concise,

Le style simple et grand, peu goûté du salon,

Qui plaît dans Bossuet, de Maistre, Fénelon,

Le style des penseurs, la parole émouvante,

Sur le papier encor colorée et vivante.

Puis-je oublier aussi cet art cher au sculpteur

Et qui veut un bras fort autant qu'un vaillant cœur,

Noble art si, plus souvent voilé par la décence,

Il craignait d'alarmer la pudique innocence,

S'il restait moins païen pour de rares dévots,

Exhumant les dieux morts du fond de leurs caveaux.

Honneur à la Musique, aimable enchanteresse,

Mais chaste et dont la voix doucement nous caresse,

Ou qui, pieuse et tendre, en vibrant dans les airs,

Nous donne un avant-goût des célestes concerts !

Honneur à tous ces arts, agrément de la vie,
Plaisir des nobles cœurs, gloire de la patrie !
Poète, je voudrais les chanter à la fois,
-- Mon cœur balance entre eux -- mais trop faible est ma voix,
Et la Muse aujourd'hui dont j'entends le murmure,
En m'offrant ses conseils, a nommé la PEINTURE.
Osons donc, en tremblant, docile à ses avis,
Moi qui dans l'atelier, moi qui par les arts vis,
Osons bien aborder ce sujet difficile,
Si rude est le labeur, le cœur le rend facile.

II

LE MAITRE.

Mais d'abord commençons par les commencements,
Et de l'Art indiquons les premiers éléments.
C'est déplaisant sans doute : or, là tout n'est pas rose !
Apprendre l'alphabet semble toujours morose,
Certes l'on voudrait bien savoir, dès le berceau,
Comme l'on sait parler, manier le pinceau,
Et de cet art brillant qui parle avec l'image
Aux bras de la Nourrice apprendre le langage.
Il n'en est point ainsi : le ciel, qui n'a pas tort,
Veut que chaque succès soit le prix de l'effort.

Il faut pour récolter que le laboureur sue,
Pendant des jours entiers, penché sur la charrue.
Le maçon pour bâtir doit choisir ses moëllons,
Comme le pionnier disposer ses jalons
Pour tracer un chemin ; et le soldat novice,
Qui sera général, trouve dur l'exercice,
De même pour l'artiste et le plus glorieux [2] :
Raphaël fit d'abord et des nez et des yeux.
Mais le proverbe grec nous dit dans la grammaire :
« De la science, enfants, la racine est amère
« Mais les fruits en sont doux, bien doux à recueillir. »
Le proverbe a raison.

                    Sachant qu'on doit vieillir [3]
Et que le temps est court, du courage à l'étude,
D'autant plus obstiné que la tâche est plus rude.
Hâtons-nous, hâtons-nous ! Mais, pour nous conseiller,
Ne faut-il pas un Maître et hanter l'atelier ?
La nature sans doute est le grand, le vrai maître,
Mais peut-être doit-on apprendre à la connaître ?
Je crois qu'il est besoin d'abord du professeur,
Bienveillant sans faiblesse et ferme avec douceur.

Cherchons un guide sûr pour nous frayer la route,

Nous montrer nos défauts, et, devant cette croûte,

Chef-d'œuvre du rapin, lui donner sans façon,

Le voyant qui s'admire, une franche leçon.

Je veux surtout un maître honnête homme et sincère,

Qui regarde l'élève avec des yeux de père,

Point jaloux, qui toujours, sans craindre ses progrès,

Noblement de son art lui livre les secrets ;

Puis qu'il soit son Mentor, le veille avec tendresse

Au milieu des écueils, péril de la jeunesse,

Tel Otto-Venius, ce grave et doux flamand

Qui fut cher à Rubens. Mais, hélas ! rarement

On rencontre un tel maître, et, me faut-il le dire ?

Même entre les plus grands, entre ceux qu'on admire,

Peu semblent, tout entier, comprendre leur devoir,

Font bénir leur vertu non moins que leur savoir,

Et, sûrs d'une influence heureuse et salutaire,

Honorent leur talent par un beau caractère.

Ah ! trop à cet égard seront insoucieux,

Et leur art seulement les fait grands à nos yeux.

III

L'ATELIER.

Le bon maître pourtant, le maître que j'honore,
Si l'on cherche avec soin, peut se trouver encore.
Mais pour l'adolescent est-il un Atelier
Comme une pension pour le jeune écolier ?
O toi, pieux enfant qui veux rester candide,
Crains, de l'atelier crains l'atmosphère perfide ;
Ses périls font trembler la plus ferme vertu.
Les rapins réunis sont des diables, vois-tu,
Des démons incarnés qui, fanfarons de vice,
Se parent de la honte aux regards du novice.

D'une langue sans frein l'insolente impudeur

Par d'immondes propos étonne ta candeur,

O jeune homme innocent que ta rougeur dénonce.

Vainement le silence est ta seule réponse ,

Il semble, à les ouïr, que ce soit un concours ,

Et les actes, hélas ! répondent aux discours.

Peu, du loto bénin caressant l'habitude,

Des seuls plaisirs permis font leur béatitude.

On travaille au milieu des rires et des chants,

L'esprit en vagabond *buissonne* et court les champs,

Pendant que le pinceau s'exerce sur la toile.

Si l'on est amoureux ce n'est pas d'une étoile

Ou de quelque rosière à l'œil doux et craintif,

Fiancée ingénue et pour le bon motif.

Or, dans un tel milieu mal profite l'étude ,

Qui veut recueillement, gravité, solitude.

L'imagination s'étiole en sa fleur ,

La raison s'obscurcit et déprave le cœur ;

L'intelligence inerte arrive à l'atonie.

Peut-être ce jeune homme avait-il du génie,

Mais l'ivresse des sens, l'abjecte volupté
Vite a détruit ce germe en naissant avorté.
Pour son art glorieux sa main est inhabile,
Et, précoce vieillard, il traîne un corps débile.
Qui peut savoir, ô Dieu, tous les infortunés
Qui, s'ils l'eussent voulu, pour la gloire étaient nés !
Combien comme Van Dyck meurent de la poitrine,
Et combien dont la tombe accuse Fornarine !
Combien, mais sans laisser un renom immortel,
Ont par leur faute, hélas ! le sort de Raphaël ! *
Comme lui plus d'un même ira mourir à Rome.
Ne les imite pas, ô toi, noble jeune homme !
Pour les vices honteux garde ce fier mépris
Par ta mère inspiré, reste sage à tout prix.
Craignant de l'atelier le contact délétère,
Retrempé chaque jour par un labeur austère,
Protégé, s'il se peut, par ton isolement,
Travaille comme on prie avec recueillement.

IV

DESSINER ! DESSINER !

Mais ton œil m'interroge, ainsi que ton sourire :
« Et par où commencer ? » sembles-tu vouloir dire.
Ma réponse déjà tu dois la deviner.
Un maître ancien disait : « Dessiner, dessiner
Et toujours dessiner sans que la main se lasse! »
Ce labeur obstiné jamais ne se remplace,
Mot dur aux paresseux et leur épouvantail.
Le plus beau naturel avorte sans travail
Et des espoirs trompés pleure l'ignominie,
Quand l'étude héroïque exalte le génie.

C'est par le long effort d'un labeur assidu
Que le Dominiquin, grand homme inattendu,
Que ce *bœuf* glorieux [5], se vengeant de l'injure,
A su fertiliser le champ de la peinture.
Ce champ, suivant le mot du maître bolonais,
Dans la comparaison d'un autre est un palais,
Splendide monument, élégant édifice,
Qu'embellit à nos yeux maint savant artifice ;
Mais le Dessin pour moi, solide fondement,
Soutient tout l'édifice et lui sert de ciment.

Or, ce Dessin, la base utile, nécessaire,
Indispensable, — il faut oser être sincère, —
Quel est-il ? Du caprice évitant les hasards,
Sachons le définir et montrer ses écarts.
J'aime un dessin puissant, correct sans sécheresse,
Dont la grâce nourrie étonne la paresse,
Elégant, ferme et sûr, qui, faisant largement
Ondoyer le contour, suit chaque mouvement.
Le dessin est la base ; heureux cet art fidèle,
Du type le plus beau m'offrant un pur modèle,

Qui, connaissant à fond, maître de ses pinceaux,

Ce jeu si compliqué des muscles et des os,

Dissimule avec soin d'une touche légère

La science profonde et jamais n'exagère.

Par le fin modelé, le relief plein d'attrait

On devine la forme ; en ménageant le trait,

Dans les chairs, à travers la mince pellicule,

Il montre que la vie avec le sang circule.

Mais craignons d'étaler ce qu'on ne doit pas voir ;

C'est l'ignorant qui fait parade du savoir,

C'est le plat barbouilleur, fléau de la peinture,

Qui, pour nous dérober une fausse mesure,

Prononce les détails, d'autres fois embellit,

Il le pense du moins et *blairaute* et polit.

L'un, de son écorché fait la caricature,

L'autre, en grand se complaît à la miniature,

Celui-ci sans raison tord un muscle grinçant,

Quand celui-là, cherchant le contour caressant,

Exact avec fadeur, sous le lys et la rose

Du squelette brutal veut dérober la prose.

Mais il faut le redire au jeune homme indolent
Qui prend pour du génie un fugitif talent :
Craignons des à peu près la molle négligence,
La jeunesse aisément incline à l'indulgence.
Mais pour que le pinceau, cherchant la vérité,
Sur la toile se joue en toute liberté,
Il faut rompre la main qui, rapide, obéisse
Dès que l'intelligence exige son service.
Le procédé dans l'art du peintre est l'instrument,
Signe matériel, visible truchement ;
Or, pour parler, des mots ayant appris l'usage,
Ne doit-on pas à fond connaître le langage,
Sinon, pauvre écolier, embrouillé dans ses tours,
Bégayant sa pensée on hésite toujours.
Mais du crayon enfin quand la main est maîtresse
Et que sur le papier il glisse avec adresse,
Comme la plume aux doigts de l'habile écrivain,
On prendra les pinceaux qu'on ne prend pas en vain.

V

LA NATURE ET L'ANTIQUE.

Que faut-il dessiner, la Nature ou l'Antique [6] ?

L'un et l'autre ! pourtant sans être fanatique.

Du modèle de plâtre ou de bronze. A mon gré,

Le zèle sur ce point peut être exagéré,

Dangereux, et l'étude exclusive, excessive,

Alourdissant les chairs par la rondeur massive,

Peut les pétrifier dans la rigidité.

Telle œuvre d'un grand maître y perd de sa beauté,

N'éclate point aux yeux puissante, originale,

Et semble à l'œil distrait presque une œuvre banale.

C'est que l'habile artiste, en disciple fervent
Du marbre oublia trop le modèle vivant,
Et par ce contrepoids, sage, dans sa prudence,
N'a pas sauvegardé sa ferme indépendance.
A défaut de Zeuxis j'admire Phidias
Tout autant que personne, et je mets chapeau bas,
Moi, jeune homme, des vieux respectant la consigne,
Quand je passe, ravi, devant l'*Enfant au Cygne*,
Ou le *Gladiateur*, ou tel chef-d'œuvre ancien,
Et je dis au rapin dessinant qu'il fait bien,
Et ne perd pas son temps ; que cette noble étude
A son hardi coup d'œil donne la rectitude,
Qu'il épure son goût devant la majesté
De ces types parfaits d'un art incontesté.

Ces modèles pourtant que souvent on admire
Avec prévention, je l'ai dit, peuvent nuire
Par l'abus, par l'excès ; sous prétexte de choix,
Parfois supprimant trop, ils nous laisseront froids.
Leur beauté qui paraît, convenue, uniforme,
Un problème à beaucoup, veut le savoir énorme

D'un Lessing pour qu'à l'œil, devinant ses appas,

Des trésors si subtils ne se dérobent pas.

Aussi j'aime d'abord, moi, que, pour la peinture,

De la réalité qui vit dans la nature

On s'inspire, étudie et rende obstinément

Tout ce qui s'offre aux yeux, statue ou monument,

Etoffes, ciel, verdure, en copiste fidèle,

Le chef-d'œuvre de Dieu surtout, le grand modèle,

L'homme.... Puis quand l'élève est habile à saisir

Promptement ce qu'il voit, alors il peut choisir !

Qu'en restant vrai toujours, d'une main libre et sûre,

Il cherche l'idéal de la forme plus pure,

Et sache s'éclairer des modèles nombreux,

Complétés l'un par l'autre en un ensemble heureux.

Ainsi faisait, dit-on, le grand sculpteur antique [7].

Malheur à l'imprudent travaillant de pratique,

Et qui, las de l'étude ou prompt à se flatter,

A la seule mémoire ose s'en rapporter,

Aux souvenirs lointains que jamais il n'avive

Par l'étude nouvelle, assidue et naïve !

Fût-il peintre d'instinct et doué par le ciel

Mieux que ces deux élus, Corrége et Raphaël,

Le seul *chic* [8] — Ô Bourgeois dont le bon goût m'accuse
Pour ce mot incongru, que mon sujet m'excuse ;
Ce mot propre est le mot connu de l'atelier,
Pour tous, maître et rapins, exact et familier. —
Le *chic* donc, le *chic* seul, que l'art parfait réprouve,
Perdra l'artiste !.... hélas ! maint exemple le prouve.
Sa couleur sera fausse et son dessin boiteux
Choquera l'ignorant même en son goût douteux.
Sous les chairs, dont l'éclat peut à première vue
Séduire, l'œil savant aperçoit la bévue ;
L'anatomiste expert a bientôt signalé
L'os, le muscle tronqué, l'incomplet modelé.
La draperie en vain apparaît chatoyante,
Déroulant à longs plis une étoffe ondoyante,
Ces plis, qui manquent d'air et qu'on sent inventés,
N'abusent pas longtemps les yeux désenchantés ;
Cet idéal menteur, orgueilleuse imposture,
Qui prétend se passer ainsi de la nature,
Faire mieux qu'elle, oui, certains fous l'ont rêvé,
Tombe soudain à plat comme un ballon crévé.

VI

LA COULEUR !

La COULEUR, grand attrait ! heureux le coloriste !
Oui, cherche la Couleur avec soin, jeune artiste.
Encor que plus qu'un autre il soit un don des cieux,
Le coloris splendide, enchantement des yeux,
S'il s'acquiert rarement, doit beaucoup à l'étude.
Pareil au diamant que, sous l'écorce rude,
Un ignorant dédaigne ainsi qu'un vil caillou,
Quand l'œil du connaisseur, devine le bijou,
Parfois le coloris, âpre et dur dans la touche,
Offusque le regard par son éclat farouche.

Parmi les tons criards on cherche un beau morceau
Qu'en ses tâtonnements rencontra le pinceau ;
Tel, métaphore usée ! on voit, fâcheux mélange,
Un torrent débordé rouler l'or et la fange.
Mais qu'un art, à la fois plus sage et plus savant,
Instruise par degrés du disciple fervent
La main avec les yeux à choisir la matière,
Soudain dans le chaos se fera la lumière.
Habilement fondus par l'art ingénieux,
Aussi riches, les tons seront harmonieux:
La sève comprimée en aura plus de force,
Flot de vie incessant qui monte sous l'écorce.
La couleur, sans faiblir, perdra sa crudité.
La nature, surtout belle de vérité,
Revit sous le pinceau qui, sans être infidèle,
Sait transfigurer même un vulgaire modèle.
La copie est sublime et n'est point un portrait,
De l'art, grand alchimiste, admirable secret !

Ainsi Rubens déroule une étoffe éclatante,
Fait circuler le sang dans la chair palpitante,

Au point qu'un autre illustre, émule glorieux,

Dans l'éblouissement à peine en croit ses yeux [9].

Titien, moins chatoyant dans ses reflets splendides,

Peut-être en sa peinture a des tons plus solides,

Et son jaloux pinceau dérobe savamment

Ces secrets du travail que trahit le Flamand.

Autre magicien, Véronèse reflète

Venise et l'Orient mêlés sur sa palette,

Et sa brosse intrépide et jamais de sang-froid

Sur la plus vaste toile est encore à l'étroit.

Plus étrange Rembrant, éblouissant et sombre,

Aime à voir un rayon contraster avec l'ombre,

Et cet or que, vivant, il tint sous le scellé,

Sur tel de ses tableaux semble avoir ruisselé.

De ces maîtres puissants contemplons les ouvrages,

Du temps, lent destructeur, discernant les outrages.

Mais comme eux l'ont trop fait, dans un art tout païen

N'oublions pas, ami, le but pour le moyen.

Que la riche couleur, au besoin effacée,

Ne soit qu'un vêtement pour la forte pensée,

Et que l'œil, attiré par ce voile discret,

N'en soit pas fasciné sans chercher d'autre attrait.

S'il faut le coloris d'abord pour nous séduire,

Ah ! qu'une âme avant tout sur la toile respire,

Qu'un sentiment profond, qui parle à tous les cœurs,

Nous fasse de l'art même oublier les splendeurs.

VII

LA COMPOSITION.

Le dessin, la couleur, relevés par le style,
C'est peu si d'un esprit inventif et fertile,
On n'a pas les trésors, si l'exécution,
Seule, ignorait cet art, la Composition.
Reproduire à grands traits une noble figure
Dont l'œil suit le contour que le bon goût épure
Et qu'un coloris vrai nous rend plus saisissant,
En faisant ressortir le modelé puissant,
C'est beaucoup; ce n'est rien si la main nonchalante
Ne savait qu'isoler une forme excellente.

Il faut l'art de grouper, de combiner entre eux,

Ses modèles choisis dans un ensemble heureux,

Et que chaque figure avec soin balancée

Concoure à nous traduire une même pensée.

Difficile est cet art pour être original,

Et savoir rajeunir même un thême banal.

Avant tout la clarté : sous sa forme visible

Le sujet doit d'abord paraître intelligible ;

C'est un grand tort s'il pose, obscurément rendu,

Un problème insoluble à l'esprit suspendu.

Or, pour nous ménager l'agréable surprise

D'une pensée ainsi d'abord nette et comprise,

Que d'étude et d'efforts ! Quelle ferme raison

Pour ne rien oublier dans sa combinaison,

Et, dans un but commun, soudain rendu sensible,

Maintenir l'unité du lien invisible ;

Sans qu'en rien le détail perde de sa valeur,

D'un tout harmonieux faire admirer l'ampleur,

Fidèle à son dessein, plaire par le contraste,

Par la variété pourtant simple et sans faste,

Des objets pondérés et des groupes saillants,
Equilibrés entre eux suivant l'ordre des plans;
L'une à l'autre opposer de franches attitudes;
Craignant le désaccord ou les similitudes,
Harmoniser entre eux les types différents
Qui ne se heurtent pas sans être trop parents;
Par un art délicat, suivant le sexe et l'âge,
Varier les contours et les traits du visage,
Et de même opposer, en déroulant leurs plis,
Les costumes divers par la grâce anoblis;
Tout cela c'est beaucoup! et pour l'intelligence
Quel labeur quand on craint la moindre négligence,
Alors que le génie, éclairé par le goût,
Ne veut rien oublier! Mais je n'ai pas dit tout :
Quoi! cela pour l'artiste est presque l'accessoire
Et les expressions voilà surtout sa gloire,
Pour elles et non point pour l'art matériel,
Prométhée, il lui faut ravir le feu du ciel.
Ce don rare et sublime est celui du génie.
Quand à ses bras un père arrache Iphigénie,
De Clytemnestre en deuil nous trahir les douleurs
Par le morne regard bien plus que par les pleurs,

Ou montrer dans ses yeux, quand la mort rend sa proie,

Ce long rayonnement d'une indicible joie;

Faire admirer encor à notre œil caressant

La divine pudeur sur un front rougissant,

Dans l'image qui plaît, touchante et gracieuse,

De l'âme refléter la beauté sérieuse;

Ou, par un autre effort nous glaçant de terreur,

Saisir la passion dans sa sublime horreur;

Rendre, en nous le montrant, exécrable, l'infâme

Qui par l'air et les traits nous révèle son âme;

O prodige! incarner le remords effrayant

Sur le masque hideux de Caïn s'enfuyant (*)!

Et flétrir dans un seul les méchants et les traîtres,

Voilà l'art véritable et digne des grands maîtres,

Des mérites divers voilà le plus réel!

C'est par là que surtout a brillé Raphaël,

Et par la fermeté du pur contour antique

Dont la grâce succède à la raideur gothique;

(*) Allusion au magnifique tableau de Prudhon, son chef-
d'œuvre, *la Justice et l'Innocence poursuivant le Crime.*

Mais il étouffe, hélas ! sous le charme païen

Souvent la profondeur du sentiment chrétien.

La forme est plus parfaite et nous semble amoindrie,

Où la sainte ferveur des peintres de l'Ombrie,

Ces maîtres primitifs dont les élans pieux,

Dans un art plus naïf, mouillent soudain les yeux ?

Gozzoli, Fiésole.... art pur et sans mélanges

Pour lequel on dirait que posèrent les anges ;

Giotto non moins grand [10], plus tard Masaccio,

Le sauvage Orcagna, le doux Carpaccio ;

Le raide Perugin qui, dans sa sécheresse,

D'un cœur chrétien pourtant révèle la tendresse ;

Beltraffio qui n'a, dit-on, fait qu'un tableau ;

Bianchi, Bonvicino qui, d'un art plus nouveau

Empruntant le secours, se souvient de Venise

Et joint au sentiment une forme précise ;

Bien d'autres dont l'art pur respire la ferveur

Que retrouva pour nous Eustache Lesueur,

Lesueur si touchant, si vrai, si pathétique,

Dont l'âme se trahit dans son œuvre mystique ;

Si de l'art primitif il craint l'austérité,

Sa foi brille admirable en sa sérénité.

Son grave ami Poussin que la raison conseille,
S'inspirant de Plutarque ou Tacite ou Corneille,
S'il parle moins au cœur, dans un art plus savant,
Penseur autant que peintre, a rencontré souvent
La forte expression qui frappe l'âme émue
Et devant saint Xavier l'étonne et la remue.

La Composition, c'est notre gloire à nous
Et dont sévèrement il faut rester jaloux ;
C'est par là, dédaignant un mérite frivole,
Qu'illustre au premier rang se place notre école.
Ah ! ne l'oublions pas comme on fait de nos jours !
Etrange aveuglement ! L'un cherchant les contours,
Veut retrouver Zeuxis et, peintre de l'Attique,
Ou plutôt statuaire à la façon antique,
Bien qu'il s'obstine encore à tenir le pinceau,
Par un froid bas-relief remplace le tableau.
Sous l'excès du savoir une forme effacée
Fait regretter la vie et l'âme et la pensée.
D'autres, c'est le grand nombre, — et pire est ce travers
Où tant vont se jeter par des chemins divers ! —

D'autres, qui des tons chauds admirent l'étalage,

Prenant pour la couleur le seul bariolage

Et montrant pour le reste un mépris insolent,

Dans ces débauches d'art gaspillent leur talent ;

Le talent manque-t-il à l'école nouvelle,

Même alors qu'en sa fougue on peint à la truelle ?

Mais si la sève abonde on cherche le bon sens,

Et tout semble avorter en efforts impuissants.

Pour sortir à tout prix de la route battue.

Et d'un morne public émouvoir la statue,

Dans les pires écarts on se rue en Vandale,

On cherche le succès par l'éclat du scandale.

Arrière la pensée et les séductions

D'un sujet qui ravit par les expressions !

On rit de l'idéal ; de la forme choisie

On raille les splendeurs, banale poésie.

Le réalisme, auquel l'ignorance applaudit,

Jette sur la beauté son brutal interdit.

Vainement la nature à ses regards stupides

Offre de tous côtés des modèles splendides,

Et, pour le fasciner, étalant ses trésors,

Fait rayonner l'esprit dans les grâces du corps ;

Lui, de l'ignoble épris, obstinément barbouille

Un type dégradé sur la toile qu'il souille.

L'abjecte vérité d'un grossier trompe l'œil

Ou l'effet, quel qu'il soit, suffit à son orgueil.

Mais sa toile menteuse insulte à la nature,

Prompte à le renier dans sa caricature.

Fuyons de tels excès ! De la noble beauté

Dans des types parfaits cherchons la pureté.

Oh ! sans doute une main qui, fiévreuse, se hâte

Dans sa touche emportée et vaillamment empâte,

Les fougues du pinceau qui, cherchant les tons fiers,

Sur la toile en fouillis nous jette ses éclairs,

J'admire tout cela, mais surtout dans l'ébauche,

Dans le tableau pour moi ce n'est qu'une débauche,

Le produit monstrueux d'un génie avorté.

Ah ! que le type humain toujours soit respecté !

Au dessous du mandrill que l'art, que la peinture

N'aille point abaisser la noble créature,

Et n'oublions jamais que, vil même à nos yeux,

« L'homme est un dieu tombé qui se souvient des cieux (*). »

(*) Lamartine.

Sur le front, dans les traits, oui, qu'une âme immortelle
Se reflète toujours, quel que soit le modèle !
Qu'après sa chute même on reconnaisse un peu
La créature faite à l'image de Dieu !

VIII

LES MAITRES NOUVEAUX.

Honneur aux talents purs, aux hommes de courage
Qu'un amour vrai de l'art a sauvés du naufrage !
Ingres qui se souvient encor de Raphaël,
Trop, dit-on, mais d'ailleurs talent grave et réel,
Admirable surtout dans le plafond d'Homère;
Ary (*) ne cherchant point une gloire éphémère,
Poétique rêveur, grand par le sentiment,
Dont un autre art était peut-être l'élément;
Delaroche (*) inspiré par la muse tragique,
Maître de son pinceau sagement énergique,

(*) Ces vers étaient écrits avant la mort des deux célèbres artistes.

Qui, calme et recueilli, par la réflexion,

Comme autrefois Poussin, obtient l'émotion ;

Delacroix, quand il veut, quand, aux bons jours, il cède,

Mais sans trop s'y livrer, au démon qui l'obsède,

Quand son fougueux pinceau, que gêne le Salon,

Nous donne sa mesure en peignant l'*Apollon* ;

Flandrin au premier rang dans l'école chrétienne,

Quelle gloire aujourd'hui plus pure que la sienne ?

Des maîtres tous ceux-là ! Oublierai-je Cogniet

Qui condense sa verve, et le fécond Vernet

Dont le pinceau facile à la foule sait plaire,

Habile à remuer la fibre populaire ;

Decamps si pittoresque et prodigue en tons chauds,

Qui, peignant nos climats, semblerait presque faux,

Car dans sa toile encor l'Orient se reflète,

Et cet ardent soleil inonde sa palette.

Tairai-je aux rois de l'art donnant ce souvenir

Tous les nouveaux venus, espoir de l'avenir,

Elite de vaillants par la gloire enflammée

Et que si haut déjà vante la renommée ?

Benouville [11], Muller, Lazerges, Cabanel,

Petit, Lafon, Perrin, qui fut l'ami d'Orsel ;

Gérôme dont la touche est maintenant d'un maître ;

Gleyre après son beau *Soir* si lent à reparaître ;

Lehmann, Hébert, Yvon si franc, si chaleureux,

Et Pils non moins que lui cher à nos valeureux ;

Bien d'autres qu'à regret je passe sous silence,

Qui pourront accuser mon injuste balance !

Oui, vingt beaux noms encor, dans les genres divers,

Justement glorieux, étoileraient mon vers :

Knaus, si large et si fin, que la grâce conseille ;

Messonnier dont mainte œuvre a fait crier : *Merveille !*

Bouguereau, Maréchal de Metz, viril crayon,

Et Millet se drapant dans son rude sayon ;

Corot, Ziem, Troyon, Rosa Bonheur qui brille

Leur émule et tient mieux les pinceaux que l'aiguille ;

Isabey, Daubigny, les deux Rousseau, Français,

Cabat osant pour l'art abdiquer le succès !

Malathier [12] tu devrais briller dans cette foule,

Mais tes jours ont été le torrent qui s'écoule

Rapide et promptement voit se tarir ses eaux.

Oh ! si la mort moins vite eut brisé tes pinceaux !...

Dans quelques cœurs du moins vit ta chère mémoire.
La mort ! la mort, contre elle, hélas ! sa jeune gloire,
Les espoirs d'un talent qui jetait tant d'éclat
Ont en vain protégé le pauvre Marilhat !

A ces noms familiers au public sympathique
Et que cite d'abord l'orgueil patriotique,
Moi, catholique, aussi j'ai besoin d'ajouter
Ceux qu'au-delà du Rhin on se plaît à vanter.
Vieille Allemagne, honneur à ton illustre école,
Rayonnant à nos yeux d'une sainte auréole !
Osons le proclamer, plus que partout ailleurs,
Là sont des hommes forts, sublimes travailleurs,
Qui passent étrangers aux vains bruits de la terre,
Tout entiers recueillis dans leur labeur austère,
Entre eux Cornelius et le grand Overbeck.
Je regrette parfois chez eux le contour sec
Ou la couleur a l'œil et triste et peu vivante ;
Mais pourtant du sujet quelle étude savante !
Comme on sent là le cœur et l'amour vrai de l'art
Et le peintre chrétien qui sait vivre à l'écart

Faisant de l'atelier une autre Thébaïde !

Comme on sent le génie humble mais intrépide,

Devant l'immense tâche exalté, plein de feu,

Et qui sait tout possible avec l'aide de Dieu !

O géants, il leur faut les œuvres colossales

Qui de la Glypothèque [13] ornent les vastes salles !

D'autres, s'ils ne sont pas tout-à-fait leurs rivaux,

S'honorent après eux par de nobles travaux ;

Tels Ittenbach, Muller, si dignes de leur maître,

Tous ceux que le graveur seul nous a fait connaître,

Pléïade si nombreuse et que l'art allemand

Aime à voir resplendir sur son pur firmament :

Fulrich dont Vienne est fière et que Munich envie,

Bendemann, peintre ému du drame de la vie

Que, tour à tour mêlant le rire et les sanglots,

Puissamment il déroule en ses larges tableaux ;

Mintrop que la peinture enlève à sa charrue [14] ;

Le mystique Deger, Schnorr dont la gloire accrue

Devra grandir encore et qui splendidement

De sa Bible illustrée a fait un monument [15].

IX

PAS LA FORME SEULE.

La pensée à tout prix, il faut que j'y revienne,
Et ne nous bornons point à la forme païenne,
Soit dessin, soit couleur au suprême degré.
La forme, c'est beaucoup, ce n'est rien à mon gré
Quand elle brille seule, éclatante peinture,
Et n'est d'un mannequin que la vaine parure.
Ces miracles de l'art qui ne parlent qu'aux yeux
N'arrêtent pas longtemps l'amateur sérieux.
Malgré, disons le mot, malgré ces maniaques,
Que la combinaison du cinabre et des laques,

L'art des empâtements et celui des glacis,

Le modelé superbe ou les fiers raccourcis

Passionnent quand même, étranges fanatiques,

Le grand nombre veut plus que les détails plastiques.

Tous ceux dont le cœur chaud a besoin d'aliment,

Qui vivent par l'esprit et par le sentiment,

N'admirent pas longtemps ces stériles prodiges

Où l'art extérieur seul a mis ses prestiges;

Ils passent et souvent pour ne plus revenir,

Quand un charme secret semble les retenir

Et toujours les ramène avec la même ivresse

Devant ces chers tableaux qu'un long regard caresse,

Ces toiles où l'on sent que le peintre eut un cœur,

Chefs-d'œuvre de Poussin, Léopold, Lesueur.

X

L'ART POUR L'ART !

L'*art pour l'art !* a-t-on dit. Ce blasphème

De quelques gens d'esprit est aujourd'hui le thême ;

Ecole rétrograde à l'instinct tout païen !

L'art dès lors c'est le but et non plus le moyen ;

Il suffit de la forme admirable et choisie ;

La plastique voilà pour eux la poésie.

A quoi bon la pensée ! Il leur faut seulement

L'attrait extérieur dans l'art tout d'agrément :

« Car il n'est que cela, clament-ils, fait pour plaire,

Qu'il charme les oisifs comme le populaire,

3*

Il sert à divertir. Laissant gronder les sages,
Poètes, déroulez de brillantes images,
Ciselez de beaux vers ! vous, peintres glorieux,
Donnez-nous des tableaux qui fascinent les yeux,
Il n'importe le genre, histoire, paysages,
Animaux ou portraits, faites de belles pages,
Splendides de couleur ; montrez les fins contours
D'une svelte beauté souriant aux amours,
C'est assez, c'est tout même ! En dépit des matrones,
Sur vous pleuvront bientôt les fleurs et les couronnes.
Moquez-vous des censeurs ! Foin de l'enseignement !
Pour exploiter l'ennui n'a-t-on pas l'Allemand?
Laissez-le prêcher seul ! Dès l'instant qu'il amuse,
L'art pour l'amateur vrai triomphe et je l'excuse,
Fût-il même immoral. Tant mieux pour Beelzebuth
Et tant pis pour les sots, il a rempli son but ?»

Non, messieurs, oh ! non pas ! car cet art qu'on dégrade
Ne sera plus ainsi qu'une insigne parade
Que joue à prix d'argent ou pour la vanité
L'histrion vil devant un public hébêté.

Inutile et passant après le dernier rustre,

Tout homme de génie est un pantin illustre

Qui, dans un autre genre amuseur préféré,

Avec plus de talent fait le Galimafré.

Déchu de sa grandeur, baladin, saltimbanque,

Il ne veut qu'un éloge et des billets de banque.

Mais non ! Quoique si haut s'exclament les railleurs,

Applaudis en chorus par certains barbouilleurs,

L'art n'en reste pas moins un grave sacerdoce ;

Honte si l'on n'en fait qu'un vulgaire négoce !

Il s'honore surtout par un but glorieux,

Patriotique ou saint. Ces dons si précieux,

Honte à qui follement s'en joue et les gaspille,

Jette aux vents ces trésors que l'ignorance pille !

Honte surtout à qui du vice l'instrument

Fait de cet art auguste un métier infamant !

Malheur à ce Caïn, maudit ce fratricide

Qui, bravant le remords et de l'enfer seïde,

Tourne contre son frère et Dieu même et l'autel,

En monstrueux ingrat, tous les présents du ciel !

Donc que notre pinceau craigne tout sujet leste !

Loin, bien loin l'impudeur de la forme immodeste !

Arrière l'art païen qui met sa vanité.

Dans l'étalage impur de quelque nudité,

Nous montrant un héros par amour de la ligne

Tout au plus costumé de la feuille de vigne !

Ah ! seule la pudeur, la sainte chasteté

Fait d'un éclat divin resplendir la beauté !

XI

CLAIR-OBSCUR.

Mais, quoi ! du CLAIR-OBSCUR j'oubliais la science [16] !

Me faut-il l'avouer ? Mon inexpérience

Devant ce grand sujet longtemps a reculé.

Ici plus que jamais inquiet et troublé,

De moi-même doutant, je regarde en arrière,

Et tremble d'aborder cette aride matière.

Clair-obscur, mot étrange au sens mystérieux,

Qui même pour l'artiste est bien souvent douteux.

Peut-être que dans l'art je suis un Allobroge ?

Mais chacun à sa mode, alors qu'on l'interroge

Répond et, sur ce mot nous faisant la leçon,

Semble l'interpréter de diverse façon ;

Et les livres aussi n'ont pas l'art de s'entendre.

Le Clair-obscur, autant que moi je puis comprendre,

C'est l'art de ménager les rayons lumineux,

Sans se neutraliser se combinant entre eux ;

L'art des reflets surpris parmi les teintes sombres ;

C'est le combat savant du jour avec les ombres,

Et qui fait que le peintre, habile dans son art,

Sur l'objet important sait fixer le regard.

Son pinceau, qui devient la baguette magique,

Fait saillir les objets en relief énergique.

Tel celui de Rembrant, jaloux de son secret

Et qui fascine l'œil d'un si puissant attrait !

Merveilleux enchanteur, noyant la toile entière

Sous les flots abondants de la pleine lumière,

Plus savant et plus vrai, me paraît Allégri

Dans ces chefs-d'œuvre auxquels maintes fois j'ai souri.

Pourquoi faut-il, ô maître, ô magnifique artiste,

Grande ombre qu'à regret d'un reproche j'attriste,

Vous qui fûtes au front marqué du divin sceau,

Pourquoi faut-il qu'hélas ! profanant le pinceau,

Votre main téméraire en de fatals ouvrages
N'ait pas craint d'embellir de coupables images !
Serait-ce pour cela que, par Dieu châtié,
D'un trépas imprévu vous tombez foudroyé !

L'art espagnol, qui mêle en son goût fantastique
Le fougueux réalisme à l'extase mystique,
Se complaît aux effets imprévus et heurtés,
Dans un sombre tableau comme au hasard jetés.
Dirai-je Zurbaran et son *Moine en prière*
Que si bizarrement éclaire la lumière,
Ou ces saints, ces martyrs, étonnant le regard,
Et qu'aux sombres lueurs d'un clair-obscur blafard,
Nus, écorchés, sanglants, Ribeira nous étale,
Cherchant dans son horreur la crudité brutale.
On regrette pourtant tous ces chefs-d'œuvre affreux,
Du Louvre disparus, peinture de fiévreux
Qui fait étrangement hurler Caton d'Utique.
Murillo, dont la mode est par trop fanatique,
Si séduisant d'ailleurs, pinceau brillant et sûr,
Murillo laisse aussi maint vide sur ce mur.

XII

RIEN NE PRODUIT RIEN.

Aux procédés de l'art dans sa sollicitude

Le peintre devra-t-il borner sa longue étude?

Non, quand son œil sait voir et qu'habile est sa main,

Il n'est encor pour moi qu'à moitié du chemin.

Par l'observation comme par la lecture,

Pour être original et vrai dans sa peinture,

Il lui faudra s'instruire, épier savamment

Sur tout visage humain le furtif sentiment;

En les interprétant, saisissants ou sublimes,

Des poètes fameux, devenus ses intimes,

Des grands historiens, des illustres penseurs,
Il doit apprendre à lire au plus profond des cœurs.
L'imagination est comme un champ fertile,
Qui, s'il n'est cultivé, bientôt devient stérile [17].
Quand la ronce foisonne, on compte follement
Où l'on n'a rien semé moissonner le froment.
Ce conseil par malheur sonne mal aux oreilles
De l'artiste rêvant de plus joyeuses veilles
Et qui prend rarement le livre sérieux,
Le plus souvent encor ne lisant que des yeux ;
Ou bien s'il lit ce sont de ces récits frivoles,
Romans et feuilletons, tournant les têtes folles.
Aussi, chose fâcheuse ! il n'est, à parler franc,
Rien qui soit plus commun qu'un artiste ignorant.

Crainte que ton talent ne soit un feu de paille,
Tu ne fais pas comme eux et ta tête travaille,
Jeune homme, avec ta main. L'imagination
Par avance déjà fait sa provision,
Te permettant à peine une légère pause.
Eh bien ! te voilà riche, au moins je le suppose,

Riche de ces trésors acquis par ton labeur,

A l'aide de la main, de la tête et du cœur.

Maintenant ces trésors il faut qu'on les emploie,

Et bien décidément qu'on choisisse sa voie,

Car chacun a la sienne et, redoutant l'écart,

Il vaut mieux s'y borner sans un génie à part.

Encor que l'art sublime ait seul ma préférence,

Que j'incline vers lui notre école de France,

Vers cet art grave et saint, le premier à mes yeux,

Tous ne sont pas portés d'un zèle impérieux,

Et tel, qui fait merveille à peindre la verdure,

Devant quelque héros fera triste figure ;

Tel agréablement reproduit une fleur

Qui ne brillerait pas imitant Lesueur.

Tout genre a son mérite alors que l'on excelle,

Quand par un art savant le talent s'y décèle [18].

XIII

LE PAYSAGE.

Est-il rien de plus gai, rien de plus attrayant
Qu'un heureux Paysage où d'un site riant
Berghem à nos regards montre les frais ombrages,
Tandis qu'à quelques pas, dans les gras pâturages,
Sous les yeux du berger ou, près du flot dormant,
La chèvre et la brebis broutent paisiblement.
Plus loin l'âne chemine avec quelque paresse;
Le ciel s'offre sans tache à l'œil qui le caresse,
Déroulant au couchant ses calmes horizons,
Flottant dans la vapeur, mourant sur les gazons;

On respire l'air pur, un parfum de campagne,

Comme avec le vieux Both, l'air fort de la montagne.

Dujardin à Berghem dut ravir ses pinceaux,

Mais le ciel d'Italie a doré ses tableaux.

Dirai-je d'Hobbema le génie âpre et rude

Qui des vieilles forêts cherche la solitude,

S'égarant à travers les massifs ténébreux

Où court le cerf agile, où fuit le daim peureux.

Ruysdael fait un chef-d'œuvre avec une chaumière,

Ou le maigre buisson penché sur une ornière.

Les Flamands me sont chers, sans nul respect humain,

Je l'avoue, et pourtant j'aime notre Poussin

Qui jusque dans l'*Eden* garde son caractère.

Oui, la solennité d'un paysage austère,

Où des sites choisis par un œil curieux

Font dans un vaste ensemble un tout harmonieux,

Ne me déplaira point dès lors qu'on y respire.

Devant l'*Eté* riant si longuement j'admire,

Je ne me lasse point de voir les *Pélerins*

Ou, dans le *Diogène*, et l'homme et les terrains.

Le *Déluge* surtout, qui chaque fois m'arrête,

Ce chef-d'œuvre entre tous me voit courber la tête.

Claude, moins solennel, plaît davantage aux yeux
Quand la lumière à flots sur ses ciels radieux
Ruisselle... Quels tons chauds dans cette couleur blonde !
O les sites riants que son soleil inonde [19] !

Mais dans ce genre aussi je déteste le faux,
Les croûtes qui naguère ont illustré Bidault,
Pardonne, ombre plaintive, à ce mot d'amertume,
Si je vais te blesser d'une injure posthume ;
Mais le juste respect qui protége les morts
Pour l'exemple permet qu'on proclame leurs torts.
Les vivants ont les leurs et la nouvelle école,
Qui de son piédestal a renversé l'idole
Et sut de la nature, en sa noble ferveur,
Remettre sagement le vieux culte en honneur,
Ne s'instruit pas assez par l'exemple des maîtres.
Ces grands hommes, dans l'art nos sublimes ancêtres,
Eux n'improvisaient pas en courant leurs tableaux.
S'ils peignaient des terrains, des arbres et des eaux,
Ils ne se bornaient point à d'heureuses esquisses,
D'un facile talent fugitives prémices ;

Ils ne redoutaient pas le patient labeur

Qui, seul, donne au tableau sa complète valeur.

Le petit nombre à tort aujourd'hui les imite ;

On peint comme on écrit beaucoup trop et trop vite.

Aussi que de tableaux qui séduisent de loin,

Si peu que l'on approche, ont l'air d'un tas de foin !

XIV

MARINES.

O mer, vieil Océan, quels sublimes spectacles
Nous offrent à leur tour tes vastes habitacles !
Pour un pinceau hardi quels splendides tableaux !
Tantôt c'est le ciel pur réflété dans les eaux,
Puis l'astre aux chauds rayons de teintes éclatantes
Empourprant à la fois les ondes miroitantes
Et l'azur, enflammant par degrés l'horizon
De son globe de feu, gigantesque tison ;
Tantôt l'œil s'épouvante aux horreurs d'un naufrage.
Le ciel partout est noir ; bondissant sous l'orage,

Se cabrant follement sous les vents conjurés,

La mer brise à l'écueil ses flots exaspérés,

Les soulève en montagne et les creuse en abîme,

En noyant dans le gouffre ou lançant sur la cime

Les malheureux grimpés à la pointe des mâts,

Et qui vers le rivage en vain tendent les bras.

Ou, malheur plus complet ! dans la vague écumante

Les débris du vaisseau broyé par la tourmente

Flottent et pêle-mêle on voit hommes, ballots,

Voiles, agrès, bétail, tournoyant dans les flots,

Puis, l'éclair par instants sillonnant les ténèbres,

La scène s'illumine à des clartés funèbres.

Mais soudain, autre aspect ! c'est le calme et la nuit

Dans sa sénénité. La lune, qui reluit

Dans un ciel étoilé, sur les flots, sur les îles

Et les grèves, s'épanche en des clartés tranquilles.

Les pêcheurs confiants amorcent l'hameçon,

Ou par un clair brasier attirent le poisson.

La scène change encor, par un pouvoir occulte,

Soudain du port de mer on a le gai tumulte,

Les vaisseaux déroulant, mêlant leurs pavillons,
Les barques en tous sens qui croisent leurs sillons,
Les marins, les marchands si divers de costumes.
Autre tableau ! La mer blanchit sous les écumes,
Bien que le soleil brille et que le ciel soit pur,
Mais la fumée au loin obscurcit son azur,
Nous laissant entrevoir, balancés sur la lame,
Les navires géants qui vomissent la flamme
Et, couverts de débris et de sang et de morts,
Luttent pour ainsi dire accrochés corps à corps.
Scène horrible et sublime et qu'éperdu j'admire
Mais par instants aussi tenté de la maudire.

Ainsi la mer sans cesse offre au pinceau hardi,
Qui veut l'air et l'espace et le site agrandi,
Ses sujets variés, drames et paysages.
Le premier des Vernet par tant d'illustres pages
Dans ce genre est le maître entre tous admiré.
Glorieux d'un renom par le temps consacré
Il brille encor, ce semble, à la première place.
Mais d'autres noblement ont marché sur sa trace,

4

Et Gudin de nos jours n'a pas seul mérité
Par l'éclat du talent la popularité !
Mais Gudin plus qu'un autre a droit en ce volume
Que j'écrive son nom, point nouveau sous ma plume,
Car l'éminent artiste est un homme de cœur,
Notre-Dame-des-Arts le dit avec bonheur !

XV

LES FLEURS.

Les Fleurs ont leur attrait quand le peintre dispose
Avec art son bouquet que parfume la rose
Fraîche et riante à l'œil, éclose du matin,
Et dont le doux éclat d'abord tente la main.
Heureux qui peut saisir sa grâce passagère !
Combien la touche ici doit-elle être légère
Et le pinceau savant pour animer les fleurs,
Avec un goût exquis nuancer leurs couleurs,
Faire trembler parfois sur la feuille irisée
Et penchée à demi, la goutte de rosée !

A la boule de neige, aux pétales du lys,
Par un contraste heureux enlacer les iris ;
Marier de l'œillet les riches étamines
Aux calices ouverts des fraîches belsamines ;
L'Hélyanthe orgueilleux, le pavot éclatant
Au frêle bouton d'or, au nymphéa flottant ;
Ou le simple bluet et l'humble violette
Au dahlia si fier de sa riche toilette !

L'artiste ingénieux mêle au coquelicot,
Au chrysanthême blanc, la prune et l'abricot
Ou le fruit du pêcher, comme aux fleurs de l'automne
La grappe de raisins ; Flore est sœur de Pomone.
D'autres font plus encore, et ces maîtres savants
Présentent à nos yeux des tableaux plus vivants.
Des êtres animés égaieront leur peinture :
L'inconstant papillon glisse sur la verdure,
Quand la couleuve fuit à travers les roseaux,
La feuille du fraisier nous cache un nid d'oiseaux.
Au fond de la corole on voit la cantharide
Et l'insecte brillant ronge la plante hybride.

Dans ce genre charmant, s'il n'est pas ennuyeux,

Qu'avec un doux souris contemplent de beaux yeux,

Mignon fut un grand maître, il dessine et colore,

Sans ternir son éclat, la fleur qui vient d'éclore.

Mais Van Huysum plus large, au premier rang placé,

Nous fait douter encor que nul l'ait surpassé.

Van Spandonck cependant qu'aiment les demoiselles,

A su faire admirer d'agréables modèles ;

Et, de nos jours, Saint-Jean, disciple glorieux

De ces maîtres anciens, pâlit-il auprès d'eux ?

XVI

TABLEAUX DE GENRE.

Mais les fruits ou les fleurs, nous fît-on des merveilles,

Trompant l'œil de l'oiseau, l'insecte et les abeilles ;

Les produits du jardin pour le regard distrait

En peinture bientôt perdent de leur attrait,

Et vainement par l'art notre vue est charmée,

On regrette toujours la tige parfumée ;

La tranche de melon de l'artiste flamand

Ne suffît point au cœur plus qu'au palais gourmand.

Le Genre est plus heureux, caressé par la mode ;

Daguerre aux moins adroits le rend presque commode.

Mais admire qui veut, la fadeur me déplaît,

Je ne m'arrête pas devant le chevalet

A moins d'un vrai chef-d'œuvre ; et, pour me satisfaire,
Il faut m'intéresser tout autant que me plaire.
Ici je veux qu'on parle au cœur plus qu'à l'esprit ;
Heureux si le sujet me frappe et m'attendrit,
Si d'un touchant exemple il m'offre le modèle,
Quelque beau dévouement que le pinceau rappelle !
Peut-être Jeanne-d'Arc priant sur son bûcher
Et dont la flamme semble à regret s'approcher ;
Ou l'autre qui s'armait vaillamment de la hache,
Ou le bon Fénelon qui ramène la vache,
Tableau moins dramatique et pourtant émouvant !
Alors bien volontiers je m'arrête, rêvant,
Et j'applaudis alors que l'artiste m'enflamme
Par les expressions qui révèlent son âme.

Certe, il faut le métier au peintre intelligent,
Mais le sentiment vrai pour lui rend indulgent,
Si peu savent en nous toucher la fibre intime !
Pour les vieux Hollandais immense est mon estime ;
Le Louvre, hospitalier pour ces illustres morts,
N'étale pas en vain à mes yeux ses trésors ;

Je ne me lasse pas d'admirer ces merveilles,

Où par malheur, hélas! on voit trop de bouteilles.

Si Gérard Dow, parfois un peu méticuleux,

A la loupe peignant, veut trop flatter les yeux ;

Si pour nous Wander Werf escamota la gloire

Avec son poli froid qui ressemble à l'ivoire,

Dans Miéris quel charme et dans Metzu surtout

Dont les tableaux exquis, ces chefs-d'œuvre de goût,

D'un pinceau ferme et sûr, d'une main éprouvée

Montrent la liberté dans la forme achevée.

Ostade, qui parfois fait songer à Rembrant,

Peut-il au connaisseur rester indifférent ?

Oublierai-je ce Kalf dont l'humble fantaisie

A jusque dans les choux mis de la poésie !

Teniers d'esprit pétille et pourtant peu s'en faut

Que je ne dise aussi : *Loin de nous ce magot* [20] *!*

Des jeux de son pinceau qu'en artiste j'admire

Mon cœur et ma raison font tous deux la satire.

Hélas! pour la plupart de ces maîtres flamands,

Dont mes yeux éblouis lorgnent les diamants,

Un jugement pareil nuit à ma sympathie ;

Ils excellent pour moi dans la moindre partie ;

A la terre cloué, leur art matériel
Un seul instant jamais ne regarde le ciel.
Dans leur œuvre toujours, quand elle est innocente,
Il nous faut regretter une pensée absente.

Mais quoi ! plus d'un pinceau facile, étincelant,
De nos jours les imite avec moins de talent.
 Au Salon encombré quand je fais ma revue,
Mon œil à chaque pas rencontre la bévue.
Au diable ces sujets que partout il faut voir !
Madame à sa toilette ou riant au miroir,
Ou celle-ci versant son café dans la tasse,
Ou, motif moins discret, l'autre qui se délace,
Ou ce Monsieur qui lit, en chauffant son mollet,
Tandis qu'en tapinois l'angora boit son lait ;
Ou ce bourgeois qui pêche en prenant une prise,
Ou le marmot qui tète, et mainte autre sottise.
Vraiment c'est du talent faire un piteux emploi.
Mieux vaut cent fois, mieux vaut, et pour l'art et pour soi,
Exercer un métier où l'on peut être utile
Que de perdre le temps à ce travail futile !

Mieux vaut le ferblantier, le tailleur, le maçon
Ou l'honnête marchand qui nous vend du poisson,
Voire l'industriel qui, dans un but honnête,
Aux badauds ébahis montre une étrange bête !
La vogue suffit-elle et même avec l'argent ?
Non, pour l'homme de cœur, artiste intelligent,
Non, ce n'est point assez ! Loin d'oublier le reste,
L'artiste dans son genre, encor qu'il soit modeste,
Tout humble qu'il paraît aux regards du moqueur,
Par un détail heureux nous révèle son cœur,
Et dans la moindre toile où sa main s'est lassée,
Il met un sentiment, il glisse une pensée.
Dans un gai paysage, au rebord du chemin,
Il aime à nous montrer le bon Samaritain
Soulevant la victime, ou l'enfant attendrie
Qui secourt un aveugle ou devant la croix prie ;
Ailleurs, au pied d'un arbre, à l'ombre des grands bois,
Jeanne d'Arc tressaillant au murmure des voix.
Peint-il des fleurs ? L'artiste en fait une auréole,
Déroulée à l'entour d'un grave et doux symbole.
Ainsi le bon Kessel, ce maître ingénieux,
Encadre le portrait de la Reine des cieux [21].

XVII

LE PORTRAIT ET LES PORTRAITS.

Mais, je n'en doute pas, ton grave caractère,
Ami, t'inclinera vers un art plus austère,
Qui, pour ton fier pinceau, seul, aura de l'attrait.
Tu te plairas peut-être à peindre le Portrait,
Non, le genre benêt qui, plat et ridicule,
Comme les vers à soie, en certains lieux pullule ;
Mais le portrait en grand, splendide, coloré,
Par lequel entre tous Van Dyck s'est illustré.
Oh ! je ne blâme pas qu'en un cadre qui brille
S'étale, endimanché, le père de famille ;

Que la copie, au vrai rendant l'original,
Coule un type connu dans un moule banal.
Mais c'est là du métier, un métier estimable,
Qui me déplaît autant que de tourner la table,
Et cent fois, au Salon de bourgeois infesté,
Contre feu Débutade en mon cœur j'ai pesté.
Oui, si l'industriel qui, sans patente exerce,
Mais non point sans profit cet utile commerce,
Est un bon homme au fond puisqu'il fait des heureux,
L'art n'en raille pas moins ses produits ennuyeux.
Un bon portrait est rare encor qu'il en fourmille,
Et comme le sonnet se rencontre entre mille.
Copier suffit-il ? Propre exact et soigneux,
Peindre une bouche en cœur avec de jolis yeux
Et le nez plus mignon, paraît de bon augure,
Mais est-ce tout pour l'art qui veut qu'on transfigure ?
Avec la vie il faut dans la pose et dans l'air
Quelque chose de grand, d'inattendu, de fier !
Dans le dessin puissant, dans la touche splendide
Je ne sais quoi de fort, d'inouï, d'intrépide !
Encor ce genre est-il au rang inférieur,
Si le procédé seul lui donne sa valeur,

Si, laissant le cœur froid, le mérite artistique,
Seul, attire d'abord le regard sympathique.
Heureux quand à l'art pur ajoutant l'intérêt
Un glorieux modèle illustre le portrait !
Telle œuvre de Van Dyck, Champagne, Largillière,
Où revit d'un héros l'image familière,
Causant de siècle en siècle un long étonnement,
Pour la postérité devient un monument.

XVIII

PEINTURE D'HISTOIRE.

Mais le cœur, enflammé par un zèle sublime,

S'exalte pour un art plus fier, plus magnanime,

Où le choix des moyens glorifie un grand but,

Pour cet art que déjà saluait mon début,

La *Peinture d'histoire,* à bon droit la première,

Ouvrant à nos ardeurs la plus large carrière ;

Car son vaste domaine embrasse tous les temps,

Ce monde tout entier, vieux de ses six mille ans.

Elle peut, évoquant des ombres fugitives,

Des siècles morts fouiller à son gré les archives,

Peupler des Pharaons le sépulcre géant,

Babel vide où l'orgueil atteste son néant ;

Susciter les vieux rois de Perse et d'Etrurie,

Dont la gloire aujourd'hui nous semble rêverie.

Elle veut et soudain ces puissants d'autrefois

Du passé ténébreux se dressent à sa voix.

Après ce long sommeil réveillés dans leurs tombes,

Ils s'élancent, vivants, des noires catacombes.

Ce superbe montrant son colosse fait d'or,

Nous l'avons reconnu : Nabuchodonosor !

Il se croit Dieu ; soudain, en sa terrible chute,

Son orgueil foudroyé tombe au rang de la brute.

Contemplez Sésostris aussi follement vain

Que traîne sur son char un attelage humain,

Mais qui des rois vaincus sut la leçon comprendre.

Ce jeune conquérant n'est-ce point Alexandre ?

Il est grand, il est beau quand il tend à Porus

La main que par malheur teint le sang de Clitus ;

Et puis sous ses lauriers plus ivre qu'un ilote

J'aperçois chancelant l'élève d'Aristote.

Applaudissez ! voici ces hommes glorieux

Dont la Grèce héroïque a fait des demi-dieux,

Achille, Agamemnon, le prévoyant Ulysse,
Conseillé par Minerve et cherchant un complice ;
Et, plus tard, ceux qu'illustre un moins douteux renom,
Auxquels Clio sourit ouvrant le Parthenon,
Périclès, Phidias, le rayonnant Homère,
Lui que tout peuple envie à la Grèce, sa mère ;
Sophocle et ce héros seul parmi les Thébains ;
Combien d'autres !... près d'eux tant d'illustres Romains,
Empressés sur leurs pas et craignant qu'on oublie
La lointaine splendeur de leur gloire pâlie ;
Romulus se cachant dans la foule des morts
Pour fuir l'infortuné que venge le remords ;
Numa législateur, le vainqueur des Samnites,
Celui qui triompha par de savantes fuites ;
Puis entre tous César dont le clément regard
De Brutus parricide accuse le poignard.

Mais d'où viennent ces cris ? D'innombrables molosses
Il semblerait ouïr les hurlements féroces.
Prenez garde, fuyez, c'est le fléau de Dieu
Poussant son chariot rouge jusqu'à l'essieu

Sur les corps palpitants. Qui peut vaincre cet homme ?

Le regard d'un vieillard, d'un saint qui sauve Rome.

Mais, gare, de nouveau déborde le torrent ;

Fuyez, peuples, fuyez voici le conquérant

Plus que jamais terrible, et pourtant sa colère

Va reculer encore devant une bergère.....

Ainsi le grand artiste, en faisant sa moisson,

Voit partout dans l'histoire une illustre leçon,

Honneur à ses travaux ! Mais sans doute la France,

Grâce au patriotisme, aura sa préférence ;

Notre histoire est féconde en types glorieux

Qui font battre le cœur en rayonnant aux yeux.

Jusqu'à ces derniers jours comme aux siècles antiques,

Que de beaux dévoûments, que de faits héroïques

Devant lesquels pâlit la gloire du passé,

Comme l'astre des nuits par le jour éclipsé !

Oh ! ne nous vantez plus de la vertu romaine

Ou des Grecs, leurs rivaux, la grandeur trop humaine

Auprès de nos héros que sont leurs plus beaux noms !

Thémistocle, Brutus, même les Scipions,

En face d'un Bayard nous semblent des atômes,

Et saint Louis d'un geste écrase ces fantômes.

Dans l'embarras du choix les comptant par milliers,

J'hésite entre les noms qui me sont familiers :

Clovis, premier grand roi que notre histoire nomme,

Charlemagne, sauveur deux fois béni de Rome,

Géant qui du vieux monde avait fait son vassal

Et dans la nuit des temps se dresse colossal ;

Guesclin, rude aux Anglais, Clisson ou la Trémouille,

Tant d'autres dont l'écu resplendit sous la rouille !

Et ceux qu'ont illustrés ou sagesse ou génie,

Suger qui dort, paisible, en sa tombe bénie ;

L'ami du bon Henri que la France a pleuré ;

Richelieu qui l'effraie et pourtant admiré ;

Condé dont Bossuet vantait la mort sereine,

Villars aussi sublime à côté de Turenne ;

Colbert près du grand Roi ; puis, remontant moins haut,

L'infortuné Louis, sacré par l'échafaud ;

Le généreux Marceau, Bonchamps, calmant les haines,

Et qui meurt le Bayard des guerres vendéennes ;

Et Celui qui, d'abord nommé par le soldat,

A jeté sur le siècle un flamboyant éclat.

XIX

CHRISTS ET VIERGES.

Mais l'artiste chrétien qu'un autre zèle enflamme,
Pour tenter ses pinceaux, pour exalter son âme,
Au génie inspiré donner un vaste essor,
N'a-t-il pas des sujets plus merveilleux encor,
Des types dont la toile à l'instant s'illumine,
Quand le talent ému rend leur grâce divine?
On murmure, je crois : « Ce champ est épuisé,
Sur ces motifs connus le public est blasé
Et passe dédaigneux de vos tableaux d'église
Quand on le voit lorgner la moindre Cydalise

Ou s'étouffer devant quelque sujet mignard. »

— Oui, le public bourgeois, ignorant et traînard,

Dont l'œil flotte, incertain, du chef-d'œuvre à la croûte

Et que l'austérité du talent vrai déroute.

Mais cet autre public dont l'artiste fait cas,

Le seul vrai, prompt et sûr en ses choix délicats,

Qu'on lui montre un chef-d'œuvre où d'une âme fervente

L'humble foi se trahit sur la toile savante,

Où, ravi tout d'abord, on sent un double feu ;

Si pour l'œil ébloui le Christ est vraiment Dieu.

Même quand sous la croix il fléchit et se traîne,

Si l'on voit resplendir sa beauté plus qu'humaine ;

Si la sublime Vierge apparaît sous nos yeux

Telle qu'elle apparaît aux milices des cieux,

Certe au chef-d'œuvre alors dans le public d'élite

Ne manquera jamais le zélé prosélyte ;

Oui, peut-être des sots la cohue est ailleurs,

Mais les plus nobles mains lui jetteront des fleurs.

La mode bâtit vite un piédestal fragile,

Mais qui peut l'ébranler bâti sur l'Evangile ?

On se lasse, dit-on, du style solennel ;

Se lasse-t-on jamais de contempler le ciel,

Sinon l'homme grossier qui, tout à la matière,

Vers la fange d'abord abaisse sa paupière?

Ah! l'art saint, que la foi suffit à rajeunir

Et comme elle immortel, certain de l'avenir,

Peut se promettre encor de sublimes conquêtes,

Illustrant de nouveau des peintres, des poètes,

Pourvu que la vertu, source du vrai bonheur

Comme du vrai talent, toujours parle à leur cœur.

Non, l'art ne peut périr, taisez-vous, vain murmure!....

Sous cette forme auguste et si belle et si pure

Il ne peut disparaître ainsi que le soleil

Qu'au dernier jour suivi du suprême réveil;

Et l'artiste chrétien qui, ferme, persévère,

Obstinément penché sur son œuvre sévère,

Est sûr que ses efforts, pour la foule insensés,

Même ici-bas un jour seront récompensés.

Mais pour faire un tableau qui sincèrement prie,

Il faut d'ardente foi que l'âme soit nourrie,

Il faut être chrétien, avant de travailler,

En prenant les pinceaux pouvoir s'agenouiller,

Sinon le talent même alors nous scandalise
Par ces énormités, honte de mainte église,
Par de laids christs, des saints grotesques, grimaçants,
Des anges qu'à Mabille ont vus certains passants,
Des vierges qui n'ont pas toujours un air honnête
Et forcent la pudeur presque à tourner la tête.
Puis si le talent manque aussi bien que la foi,
Plus de bornes alors!... C'est un je ne sais quoi
D'indécent et de bas, d'inepte et de baroque
Dans ces œuvres sans nom, ces croûtes où tout choque ;
Effroyable gâchis de tons plats et criards,
De membres disloqués, de visages camards,
De profils incongrus qui tombent de la lune,
Chefs-d'œuvre où la sottise éclate sans lacune,
Un Hottentot devant, bien sûr, ébouriffé,
Se pâmerait de joie. Oh ! quel auto-da-fé,
Je ferais moi bientôt de ces caricatures,
Si j'en avais le droit, de toutes ces peintures
Dont la religion s'indigne autant que l'art
Et dont les débitants, en leur style cafard,
Vantent le bon marché dans de sottes réclames.
Jamais chrétien, artiste, aurai-je assez de blâmes

Pour leur triste industrie et pour ces ateliers
Où la confection entasse par milliers,
Ses manœuvres aidant, fabrique à la journée,
Comme le boulanger quelconque sa fournée,
Ces plâtres qui font peur, ces horreurs de tableaux,
Expédiés ensuite en énormes ballots.

XX

L'ŒSTRE.

Mais quel que soit le genre, artiste, pour produire,
De l'*Inspiration* il te faut le délire ;
Jamais oisif, toujours actif et studieux,
Occupé de la main, de la tête ou des yeux,
Peintre ou poëte, il faut, pour l'œuvre créatrice,
Résigné, du génie attendre le caprice.
C'est à faire au manœuvre, au vulgaire ouvrier
D'être prêt en tout temps à se mettre au métier.
Laborieux toujours de la même manière,
N'ayant qu'à se jouer de la vile matière,

Il refait à son gré, ne s'aidant que des doigts,
Toujours presque aussi bien ce qu'il fit une fois.
Dans un égal niveau son talent se conserve;
Pour coudre un paletot on est toujours en verve
Ou pour tailler du drap, toujours assez dispos,
Ce semble, pour créer des bottes, des chapeaux.
Au contraire l'artiste a son jour, a son heure,
Et le travail forcé pour lui doit être un leurre.
Je dirais presque, moi, malheur à ces lettrés,
Aux peintres, aux sculpteurs qui, toujours préparés,
Peuvent, comme celui qui frappe sur l'enclume,
Prendre, quand il leur plaît, les pinceaux ou la plume.
Des chefs-d'œuvre ceux-là rarement en feront !
Soit dit sans que mon doute à nul d'eux semble affront,
Je crains fort que leur œuvre, où moins souvent pétille
Le feu divin, parfois sente la pacotille.

L'artiste de génie, un peu moins régulier
D'ordinaire, subit du démon familier
Les volontés changeant sans motif et sans cause,
Comme il plaît au lutin, travaille ou se repose,

Fait ce qu'il ne veut pas, ne fait pas ce qu'il veut.

—(Un beau soleil d'ailleurs lui vaut mieux que s'il pleut !)

Prodige singulier, merveilleux phénomène,

Montrant Dieu triomphant dans l'impuissance humaine !

Quoi ! depuis de longs jours le poëte est sans voix

Et son luth semble mort ! Le peintre avec les doigts

Travaille seulement en vulgaire copiste.

On prendrait pour un sot l'écrivain ou l'artiste

Qui sent son cerveau lourd, flasque et comme engourdi,

Glacé même en dépit du soleil du midi,

Et tout-à-coup touché par le maître invisible,

Qui vient comme l'éclair, impétueux, terrible,

Il se voit secoué dans son abattement,

Et vibre sous le choc d'un long ébranlement.

C'est maintenant du feu qui coule dans sa veine,

La lave ainsi bouillonne en dévorant la plaine.

Son cerveau qui s'exalte est comme une fournaise,

Mais pourtant son esprit dans la fièvre est à l'aise.

Illuminé soudain de sublimes clartés.

Il dit son *fiat lux* ! Un monde de pensées

Aussitôt a jailli d'œuvres hier glacées.

La main court sur la toile et presque en se jouant,

Sans fatigue, accomplit des travaux de géant,

Impossibles jadis quand des labeurs énormes

Avortaient tristement en ébauches informes.

Alors l'artiste alors que soulève le Dieu

Apparaît plus qu'un homme... A son regard de feu,

A son front rayonnant il nous semble un autre être.

Lui-même transporté ne peut se reconnaître,

Et s'il est Raphaël, dans l'inspiration

Ce chef-d'œuvre est créé : *Transfiguration !*

Si Véronèse, il peint d'une brosse rapide

Les *Noces de Cana*, toile vaste et splendide.

S'il s'appelle Titien, son chef-d'œuvre nouveau

Sera quelque portrait ou le *Christ au tombeau.*

Poussin fait son *Déluge* et, les pieds dans la tombe,

Lesueur son *Calvaire* ou le Christ qui succombe.

Greuze peint l'*Accordée* et ses aimables sœurs,

Géricault la *Méduse* et Robert les *Pêcheurs* [22].

XXI

L'ECUEIL DANS LE PORT.

La gloire enfin venue, ah ! crains dans l'indolence,
Ami, de t'endormir. Puis quelle vigilance
Pour ne pas se briser, quand on se croit plus fort,
Sur les nombreux écueils que nous cache le port.
La gloire, il est trop vrai, ressemble à la syrène
Qui par son chant suave au gouffe nous entraîne.
Trop souvent comme Armide ardente à se venger,
L'enchanteresse voile à nos yeux le danger,
Et, couronnant de fleurs l'imprudente victime,
Par un chemin riant la conduit à l'abîme.

La gloire pour plusieurs objet de tous leurs vœux,

Qui, seule, pensaient-ils, pouvait les rendre heureux,

Comble en vain leurs désirs, leur âme inassouvie

Bientôt rêve autre chose, ou peut-être l'envie,

Attachée à leurs pas, les suit obstinément

Et leur fait payer cher l'ivresse d'un moment ;

Ou la tentation qui de partout assiége

Les riches, les élus, leur tendra quelque piége.

Comme Van Dyck peut-être à leur œil enchanté

Rit d'un air de langueur la molle volupté.

De la syrène crains la caresse perfide ;

Crains la fièvre du jeu qui dégrada le Guide [23]

Ou l'ignoble penchant plus implacable encor

Qui géhennait Rembrant pauvre sur des tas d'or [24].

Crains encor, crains beaucoup la sombre frénésie

Que l'art comme l'amour appelle jalousie.

Il faut bien l'avouer, rare est le noble cœur

Qui ne connut jamais cette lâche douleur.

Même chez les plus grands, déplorable faiblesse !

De ce sentiment vil on maudit la bassesse.

Michel Ange, dit-on, jalousait Raphaël,

Pour Tintoret obscur on vit Titien cruel.

Que de fois l'intérêt, Dieu des âmes vénales,

D'un lâche exaspéra les rages infernales.

Elle arma Castagno de la balle de plomb,

Fit au Dominiquin ce martyr si long

Dont le crime peut-être abrégea l'agonie.

Rayonnante d'éclat, de beauté, de genie,

Après un court triomphe, en sa jeune saison,

La noble Elisabeth périt par le poison ;

Mais, trompant ses rivaux et leur malice noire,

La victime après eux se survit dans sa gloire [25].

Plus que la jalousie il faut craindre l'orgueil

Pour tout ce qui domine, hélas ! le grand écueil.

Les royautés de l'art et de l'intelligence

Souvent aussi du ciel provoquent la vengeance,

Par l'insolent mépris des vulgaires humains,

Par l'abus du pouvoir que Dieu mit en leurs mains.

L'ivresse du succès parfois tourne au délire,

Et le triomphateur, qui contre lui conspire,

Dans ce vertige, hélas ! quand lui glisse le pied,

Même à ses envieux quelquefois fait pitié.

Le génie orgueilleux sous les yeux de la foule
Démolit de ses mains son piédestal qui croule,
Et tel qu'on vit fameux, artiste célébré,
Avilit à plaisir un nom déshonoré ;
Tel qui par ses tableaux ou d'illustres poèmes
A mérité la gloire et les honneurs suprêmes,
Tout à coup bégayant un langage nouveau,
Semble paralysé tristement du cerveau.
Quand il sentait en lui cette force inconnue,
Surhumaine, d'en haut soudainement venue,
Exaltant sa vigueur, agent mystérieux,
Peut-être qu'il rêva d'escalader les cieux ;
Peut-être il oublia d'où venait son génie
Et que sa gloire au prix de la gloire infinie
Est moins que ce flambeau qui s'éteint pâlissant
Quand l'astre à son zénith paraît éblouissant.

Combien avons-nous vu de chutes effroyables
Et quel temps plus fécond en leçons formidables?
Tâche d'en profiter, toi qui sans balancer
Dans cette route ardue oses bien t'élancer,

Puisses-tu nous montrer le sublime spectacle
Du génie aux vertus uni par un miracle,
Raphaël ou Titien par l'art incontesté
Ainsi qu'Il Beato par ton humilité.

XXII

CORAGGIO!

Oh ! mais, étrange oubli ! je te parle de gloire,
Du triomphe applaudi qui lègue à la mémoire
Un nom par le génie à jamais immortel
Et du fier piédestal fera presque un autel,
Et je ne t'ai pas dit à quel prix il s'achète,
Souvent, quels pleurs de sang l'artiste ou le poëte
Devra verser, martyr de sa sublime ardeur,
Quand pour l'art sérieux, dans sa sainte candeur,
Fervent, il se dévoue, à son but, noble rêve,
Marche comme au combat le brave armé du glaive.

O lutte ! quand il faut par la tête et la main
Lentement, vaillamment, se frayer un chemin
Apre et dur à travers des obstacles sans nombre.
Avenir menaçant et perspective sombre !
Plus sombre que jamais dans ce siècle brutal
Et que l'on voit dévot au seul Dieu du métal.
Les hommes d'aujourd'hui prisant ce qui se paie
Semblent n'avoir souci que de battre monnaie,
De palper des écus ; le plus intelligent
A présent s'abrutit dans ces calculs d'argent,
Se jette tête et cœur dans cette frénésie ;
Le chiffre maintenant voilà leur poésie !
La Bourse envahit tout et vers l'appât grossier
Que nous fait de là haut miroiter le caissier,
Vers ce terrible aimant, vers cet or qui scintille,
Sont tournés tous les yeux armés de la lentille.

Or, parmi ces joueurs courant pour le gros lot,
Haletants, forcenés, le talent, s'il éclot,
Le génie inspiré qui tout d'abord se voue
A de nobles labeurs, voit l'or comme la boue,

L'artiste, le penseur ardent et sérieux,

Sera-t-il point absurde au gré des furieux ?

Comment obtiendra-t-il le loisir de l'étude ?

Et dans cet air fiévreux, libre d'inquiétude,

Tout à son idéal, pourra-t-il travailler

Si le spectre fatal hante son atelier,

Si la faim tout-à-coup vient le prendre à la gorge,

Raillant son héroïsme, ou lentement l'égorge.

De ce combat horrible, ah ! pour sortir vainqueur,

Plus que jamais peut-être il faut un vaillant cœur ;

Car la misère est là vous fermant la carrière

Et presque à chaque pas dressant une barrière.

Consumé par l'effort, s'usant en longs travaux,

L'artiste souffre obscur, végète et des rivaux

Trop indignes peut-être et pourtant qu'on préfère,

Trônent dans le succès grâce au seul savoir-faire,

Parce qu'en gens adroits, portés par le courant,

Bien loin de se raidir et braver le torrent,

Ils vont avec la foule, ils flattent ses faiblesses,

Tout en les partageant exploitent ses bassesses.

Mais toi, sévère artiste au devoir attaché
Et la nuit et le jour sur ton œuvre penché,
Toi qui, le front serein, le cœur haut, à l'intrigue
Ne prétends rien devoir et dédaigne la brigue,
Toi qu'on voit obstiné dans ta noble ferveur,
Qui sait quand te viendra la publique faveur,
Aux acheteurs, dit-on, toujours prompte à se vendre ?
Le renom, le succès il te faudra l'attendre
Peut-être de longs jours, même jusqu'au trépas;
L'honneur qui t'était dû, tu ne l'obtiendras pas
Peut-être.... Pour cela faut-il perdre courage ?
Oh ! non, il est plus beau, faisant tête à l'orage,
De lutter même en vain, dans son isolement
De protester au moins contre l'aveuglement
Par un stoïque exemple ! A sa sublime cause
Fidèle, de prouver aux hommes de la prose,
Au siècle boutiquier, marchand, industriel,
Que l'art survit toujours dans son culte immortel !
Vieillissant méconnu, ris de l'ingratitude,
Le mérite est plus grand, si la tâche est plus rude.
Sculpteur, peintre ou poëte, achève ton sillon,
Encor que du succès te manque l'aiguillon.

Va sans lâches retours, jusqu'au bout persévère ;
Sois homme, sois chrétien, monte en paix ton calvaire,
T'exaltant par ce mot : C'est pour la vérité !
Compte sur l'avenir et la postérité ;
Compte avant tout sur Dieu dans ta mâle assurance.
Tu peux voir ici-bas, trompant ton espérance,
Prévaloir l'injustice et de coupables nains
Par ruse dérober la palme qu'à tes mains
La gloire avait promise ; oui, menteuse, inconstante,
La récompense peut trahir ta vaine attente,
Mais le Ciel, quand viendra le solennel moment,
Lui ne manquera pas à ton saint dévoûment.

NOTES

～⸎～

[1] Tu le disais, vieux Job, la vie est un combat,

Vita hominis militia super terram.   (JOB).

[2] De même pour l'artiste et le plus glorieux.

.... Tout le génie de Raphaël et de Léonard n'eût produit presque rien sans l'excellence des moyens techniques de leur art, et c'est l'excellente éducation artistique de ces hommes remarquables qui est la cause principale de leur talent et de leur célébrité.
(DE MONTABERT, Traité de la Peinture).

[3]   ...Sachant qu'on doit vieillir,

Et que le tèmps est court...

Ars longa, vita brevis.

[4] Ont par leur faute, hélas ! le sort de Raphaël !

Des écrivains sérieux contestent l'histoire de la *Fornarine.* Le grand artiste, suivant eux, n'aurait point succombé, par une mort prématurée, victime de ses passions. On est heureux pour cette glorieuse mémoire de pouvoir au moins douter de ce fait qui, comme tant d'autres, peut avoir été inventé par la légèreté ou par l'envie et propagé par la sotte crédulité de la multitude.

[5] Que ce *bœuf* glorieux se vengeant de l'injure,

Dominiquin, élève des Carraches. Ses camarades, le raillant de sa lenteur et de sa taciturnité, l'avaient surnommé le *Bœuf.*

— Ce *Bœuf*, dit un jour Annibal Carrache, saura rendre fertile le champ de la peinture.   (MILIZIA).

⁶ Que faut-il dessiner, la Nature, ou l'Antique ?

Raphaël se donnait réellement pour but la recherche de ce beau que la nature présente à l'art.... Il forma son goût de beaucoup d'éléments et le goût de l'*Antique* fut celui qui les épura. (QUATREMERE DE QUINCY, *histoire de Raphaël*).

On peut étudier les maîtres, mais c'est la nature qu'il faut suivre et non les maîtres ; c'est en la suivant qu'on fera bien comme eux.   (DAVID, cité par de Montabert).

Pourquoi est-on le plus souvent embarrassé ? Parce qu'on ne veut pas céder à la Nature, mais bien suivre sa tête et ses idées de routine.   (IDEM).

Je connais des peintres qui ne savent pas copier des hommes et qui prétendent monter dans le ciel pour y peindre des dieux.   (IDEM).

Il faut étudier les beautés de l'Antique pour trouver les mêmes beautés dans le Modèle ; mais c'est l'esprit du modèle qu'il faut suivre pour le rendre bien d'après l'Antique.   (IDEM).

La *Nature* est le premier, le grand maître de l'artiste pour les formes, les proportions, l'expression. Mais, après qu'il a pris humblement en écolier les leçons de ce savant professeur, il faut qu'il ose concevoir l'orgueilleux projet de la surpasser. Et il la surpassera en réunissant dans un ensemble les beautés que la Nature n'offre jamais toutes à la fois dans un modèle unique.   (Traduit de MILIZIA).

⁷ Ainsi faisait, dit-on, le grand sculpteur antique.

Polyclète, auteur de la statue , qui fut nommée la *Règle*.

⁸ Le seul chic — O Bourgeois dont le bon goût m'accuse

Chic s'entend ici du travail de pratique et de routine.

⁹ Au point qu'un autre illustre.....

Dans l'éblouissement à peine on croit ses yeux.

Empressé à rendre justice aux talents des autres peintres,

quand le Guide voyait des tableaux de Rubens , il se tour-
ñait vers ses élèves en s'écriant :

— *E che macina sangue Costui né suoi i colori ?* Ce
peintre mêle-t-il du sang à ses couleurs ?

(D'ARGENVILLE, *Vies des Peintres*).

[10] Giotto non moins grand....

On sait les beaux vers du Dante sur cet artiste.

[11] Benouville Muller, Lazerges, Cabanel,

Petit, Lafon, Perrin, qui fut l'ami d'Ornel.

Benouville enlevé à l'art par une mort prématurée et si
regrettable. —. M. Lazerges ; un des meilleurs tableaux
de cet artiste, *la mort de la Vierge*, belle page, orne la
chapelle des Tuileries. — M. Petit (Savinien), pendant de
longues années, à Rome, l'hôte studieux des Catacombes ;
dans ses tableaux, exécution ferme, sentiment profondément
chrétien. — La chapelle de St-Xavier à St-Sulpice, récemment découverte, a valu à M. Lafon des éloges mérités.

[12] Malathier tu devrais briller dans cette foule,

Malathier , paysagiste dont Ary Scheffer avait encouragé
les débuts. Il savait, en s'inspirant directement de la nature, imprégner son œuvre d'un parfum d'admirable poésie.
Il est mort, hélas ! au moment où son talent élevé, délicat,
sympathique prenait son essor.

[13] Qui de la Glypothèque ornent les vastes salles.

Glypothèque, nom donné aux galeries de Munich.

[14] Mintrop que la peinture enlève à sa charrue.

Mintrop de Witten, (Prusse) fut laboureur presque jusqu'à
l'âge de 30 ans. Il employait tous ses loisirs à dessiner ;
cette vocation s'était révélée chez lui dès l'enfance. Un
peintre de l'Académie de Dusseldorf, M. Gesellschap, passant à Witten, vit les dessins du laboureur. Il en fut frappé
et proposa au villageois de l'emmener avec lui à Dussel-

dorf. On pense si Mintrop accepta. Là, pendant trois années, libre de toute préoccupation, grâce à la fraternelle
hospitalité de M. Gesellschap, il put étudier sérieusement.
C'est ainsi qu'il est devenu un éminent artiste.

15 Schnorr....

De sa Bible illustrée a fait un monument.

Un écrivain de forte trempe, qui joint à la hardiesse de la
pensée le bonheur et l'imprévu de l'expression et comme
le P. Lacordaire, a cette généreuse horreur de la banalité,
M. Barbey d'Aurevilly a écrit sur Schnorr une superbe
page que je me plais à citer tout entière :
« Il s'appelle *Schnorr*, — quel nom pour la gloire, quelle
embouchure d'or à sa trompette ! Nul autre détail ! C'est
encore « un gentilhomme couvert de son armure » comme
dit ce mauvais plaisant de Schakespeare; mais un de ces quatre
matins, le nuage fondra et le gentilhomme fera faire anti-
chambre à l'Europe à la porte de son atelier. Le caractère
de ce génie (je n'hésite pas sur le mot), c'est l'immensité de
choses que contient son inspiration ! Grandiose, idéal, fier-
té, audace, profondeur, science de l'âme et des races, tout
cela dans des proportions stupéfiantes ; dans sa Bible * il y a
un Goliath tué par David que l'on peut comparer au Goliath
de Michel-Ange, et ce n'est pas Schnorr qui est vaincu.
Gustave Doré avait eu aussi le projet de faire une Bible :
maintenant je ne le lui conseille plus. Qu'il étudie Schnorr,
Schnorr ! un nom (futur) dans son art comme Mozart et
Beethoven, dans le leur. Je voudrais pouvoir donner une
idée de la vigueur, de l'impétuosité et de la largeur de mouvement de ce peintre extraordinaire. Les Cimbres fauchaient
l'ennemi du haut de leurs chars. Eh bien, le *trait* de Schnorr
est le vaste coup de faux des Cimbres fauchant la mêlée.
C'est le Cimbre de la Peinture, mais il n'aura pas de Marius. »

16 Mais quoi ! du *Clair-obscur* j'oubliais la science ?

Le *Clair-obscur* est l'art de distribuer avantageusement
les lumières et les ombres, tant sur les objets particuliers
que dans le général du tableau.   (ROGER DE PILES.)
Le *clair-obscur* n'est pas seulement dans un objet, il est
le résultat de toutes les lumières, de toutes les ombres et

(*) La *Bible*, de Schnorr, se trouve chez Schlugen, 25, rue Saint-Sulpice.

de tous les reflets du tableau. Les reflets en particulier produisent des combinaisons et des modifications innombrables. De toutes ces causes réunies, résultent l'harmonie des couleurs et l'effet. (MILIZIA)

[17] L'imagination est comme un champ fertile,

Qui, s'il n'est cultivé, devient bientôt stérile.

L'invention, à strictement parler, ne consiste pour ainsi dire, qu'en une nouvelle combinaison des images qu'on a rassemblées auparavant et confiées à la mémoire. *Rien ne produit rien ;* et celui qui n'a pas recueilli des idées ne peut former aucune combinaison. (REYNOLDS)

Connaître sert beaucoup pour inventer. (Mme de STAEL.)

[18] Tout genre a son mérite alors que l'on excelle.

Reynolds parlant des tableaux de nature morte dit encore: « On peut leur donner une certaine *grandiosité* de composition et de caractère qui les ennoblira et les mettra beaucoup au dessus de leur rang naturel.

[19] Claude, moins solennel, plaît davantage aux yeux.

Claude Gelée, dit le Lorrain, un de ces peintres qu'il suffit de nommer.

A propos du *Paysage*, un écrivain, à la fois aimable et sérieux, M. A. Mazure a publié sous ce titre (chez Tardieu, rue de Tournon), un petit volume qui se recommande aux hommes de goût et aux vrais artistes.

[20] Que je ne dise aussi : Loin de nous ce magot !

On sait le mot de Louis XIV, quand on lui présenta des tableaux de Téniers : *Otez-moi ces magots !* dit l'auguste Mecènes, amateur du solennel et des peintures de Lebrun.

[21] Ainsi le bon Kessel, ce maître ingénieux,

Encadre le portrait de la Reine des cieux.

Kessel (Jean Van.) Le Louvre possède deux tableaux de ce vieux maître. La *Guirlande de Fleurs* entoure un médaillon peint par Franck et qui représente la *sainte Vierge et l'Enfant Jésus.*

[22] Géricault la *Méduse* et *Robert* les *Pécheurs!*

Combien d'œuvres, et sans remonter bien haut, on pourrait ajouter à cette liste, par exemple : Le *Portrait de Pie VII,* le *Serment des Horaces,* par David, les *Renommées* de Gérard ; *le Dante* ou *la Médée* de Delacroix ; la *jeune Martyre,* la *Vierge chez les saintes Femmes,* de Delaroche ; les *Cimbres* de Decamps ; la *Marguerite au rouet,* d'Ary Scheffer etc., etc.

[23] Crains la fièvre du jeu qui dégrada le Guide.

« Guide vivait glorieux et honoré, dit la Biographie du Michaud, quand la passion du jeu s'empara de son esprit. Il y fut malheureux ce qui le réduisit à de cruelles extrémités. Mais, malgré les conseils de ses amis, il ne sut pas se corriger.... »

[24] Qui géhennait Rembrant pauvre sur des tas d'or.

J'ai suivi la tradition, dont tout récemment, M. Ch. Blanc, dans sa Biographie de Rembrant, a contesté l'exactitude en s'appuyant de documents nouveaux et importants. Tant mieux pour la gloire du grand artiste représenté si longtemps et à tort, semblerait-il, comme un insigne Harpagon !

[25] La victime après eux se survit dans sa gloire.

Elisabeth Sirani, peintre, née à Bologne, en 1638.
«... Non moins renommée par les charmes de son esprit que par la supériorité de ses talents, cette femme illustre ne put échapper à l'envie ; et des rivaux, jaloux de son mérite, l'empoisonnèrent : elle n'avait que 26 ans. On fit au sujet de sa mort une enquête solennelle ; et nous devons ajouter que les médecins, d'abord unanimes à déclarer qu'elle était morte du poison, firent ensuite des rapports contradictoires. »
(BIOGRAPHIE UNIVERSELLE.)

UN MOT SUR NOTRE-DAME-DES-ARTS.

— Qu'est-ce que Notre-Dame-des-Arts ? nous demandera peut-être tel lecteur de la province surtout : Disons-le en peu de paroles, résumant dans une page la *Notice* déjà publiée par nous. Une dame, noble et riche naguère, qui maintenant est l'humble sœur Marie-Joseph, sur la tombe où venait de s'engloutir, à la fleur de ses années, une enfant tendrement chérie, fit vœu de consacrer aux jeunes filles et à Dieu sa vie tout entière. De là cette fondation de *Notre-Dame-des-Arts* que la vénérée sœur Rosalie vit à son berceau et dont elle fut un peu la marraine.

Notre-Dame-des-Arts, sorte de St-Cyr moderne, créé pour les jeunes filles appartenant aux classes intelligentes, artistes, littérateurs, magistrats, fonctionnaires civils et militaires (ce qui n'exclut pas bien entendu l'aristocratie et la finance), a pour but de donner aux élèves, en même temps qu'une éducation chrétienne, éclairée et pratique, une forte instruction, un talent, un art qui, plus tard leur soit au besoin une ressource sérieuse à elles et à leurs familles. Travaux à l'aiguille, dans tous les genres, fleurs, dentelles, etc; dessin avec ses applications aux arts industriels, dès qu'il sera possible ; musique vocale et instrumentale, voilà ce qu'on apprend et apprend véritablement à *Notre-Dame-des-Arts*, grâce à la solidité des études dirigées par des maîtres aussi zélés qu'intelligents. Ajoutons que le prix de la pension est accessible aux fortunes les plus modestes, sans compter les bourses et les demi-bourses créées au fur et à mesure des ressources de l'Institution.

Comment une telle Œuvre ne serait-elle pas sympathique à tous ceux qui comme nous regardent comme la plaie la plus douloureuse de notre société la position faite aujourd'hui aux femmes, aux jeunes filles déshéritées des biens de la fortune ? Qui ne sait avec quelles difficultés elles trouvent (quand elles trouvent), à se procurer du travail, un travail le plus souvent mal rétribué ou qui, par le milieu dans lequel il leur faut vivre, les expose à tant de périls ? Combien ne doit-on pas encourager, exalter tout ce qui tend à améliorer cette situation lamentable ?

Pour nous d'ailleurs, artistes, littérateurs, etc., le succès de l'Œuvre est une question de famille ; et tous, par les plus nobles motifs aussi bien que par notre propre intérêt, nous ne pouvons qu'avoir vivement à cœur la prospérité de *Notre-Dame-des-Arts*, heureux d'y aider fût-ce au prix de quelques sacrifices.

TABLE

FIN DE LA TABLE.

CAMBRAI. — IMPRIMERIE DE RÉGNIER-FAREZ.